ガラス細工のおもちゃ箱

TOYOMI

文芸社

はじめに

私は男の人にも女の人にも友情を感じ、男の人にも女の人にも恋愛感情を感じます。初めて女の子を好きになったのは十歳のとき。恋をしていると気づいたのは十四歳になってからでした。どうしてそんな想いが生まれたのかは、今でもわかりません。

そんなただでさえ普通ではない私が十一歳のとき、父親から性的虐待を受けて心に傷を負い、深い闇の世界を持ってしまいました（少し常識的ではない父には性的虐待をしたという意識すらないであろうが）。そのせいで私は本当の自分をさらけ出せないで、それなのに、いいえ、それだからこそ私をわかってくれる心友をずっと探し求めて——

ただ私の心を変化球でしか送れなかったので私を受け止められる人は誰もいなくて、学生時代は孤独の中を彷徨《さまよ》っていました。

ひとりの女の子への七年間の想いと入れ違いにまた別の女の子を好きになりました。その人とは「二度と顔も見たくない」と友人付き合いすら止めてしまったけれど、それから十八年経った今でもその想いを心のどこかで引きずっています。一般の人なら本当に二度と会うことはなかったかもしれません。けれど、テレビの画面で彼女を見ることがあり、とても複雑な気持ちになります。

そして今は、その彼女のことを相談していた男性と不倫の関係を続けて十八年になります。

人は淋しい心を埋めるために、誰かを好きになるのでしょうか。でもどんなに好きになっても愛しているとは言えない自分がそこにいます。「ナルシストだね」と大好きな女性と大好きな男性に言われました。本当にそうなのだと思います。自分を一番愛している。だって自分を一番わかってくれるのは自分自身なのだから。誰かを好きになっても、結局いつも私が愛しているのは自分だけなのだと思い知らされます。相手の立場を考え思いやる以前に、私は誰にも理解されない自分の気持ちをわかって欲しくて仕方なくて、自分の気持ちばかりを押しつけていたから。

〝本当の愛〟とは何かと考えれば考えるほど、私は誰かを愛することなんて出来ない人間なのだと自己嫌悪に陥ります。四十三歳にもなって思春期の少女のように未だに本当の愛とは何だろうなんて考えている私は、今日食べることだけで精一杯の人もいるこの世の中では幸せなのかもしれません。

思春期の頃、思っていました。できれば戦時中に生まれたかったと。生きていくだけで精一杯であればこんな余計なこと、愛だの恋だの友情とは何なのだろうって、そんなことを考えて孤独感に浸っている場合ではなかったでしょう。そんな状況に身を置きたいと思いました。

それくらい、やりきれないことが多く、心が苦しかったのです。

ガラス細工のおもちゃ箱◉目　次

⚜ ガラスの心

簡単に割れてしまうガラス
なかなか割れないガラス
人間の心も同じだね
そんなガラス細工で出来ている
おもちゃ箱に
私の心が詰まっている

透明で美しく輝くガラス
鋭くカットされたガラス
繊細なエッチングガラス

くもって光ることさえ
忘れてしまったガラス……
そんなガラス細工で出来ている
私の心が
おもちゃ箱に詰まっている

四十三年間の
想いが詰まった箱から
そろそろ抜け出したいから
どうか
開けて私を自由にして下さい

おもちゃ箱を見つける前

⚜ 小さな部屋

そこは
何もない
ただの部屋
ここで何かを
見つけてごらん
神様が私に
与えて下さった
小さな部屋

⚜ 幼少時代

母は幼くて
父は学が無くて
貧しかった幼少時代

古着屋のおばさんが
乳母車に服を乗せて
売りに来る
よそ行きだけは
新しい服を買いに行く
安く売っているお店に ――
大きな水玉の服が好きだった

父と母は
いつも喧嘩をしている
裸電球の下
ご飯茶碗が
私の頭の上を飛んでいく
貧乏長屋から抜け出して
新しい団地に入っても
喧嘩は変わらない
原因はいつも父
朝起きられなくて
仕事を休んでは
昼になるとパチンコに行く
そして仕事から

疲れて帰ってきた母と
口論になる
その繰り返し

三つ年下の
弟が泣き出すと
喧嘩が止むから
私は弟に泣いてくれと言う

母が「子供なんて置いて
こんな家出て行く」と言った
父への脅しだなんて
子供にはわからない

私はいつ本当に
出て行ってしまうのかと
ビクビクして
布団の中に入っては
泣いていた

『おかあさん出て行かないで……』

＊

大好きな母だったけれど
若い母のしつけは過激だった
五歳の私が言うことを聞かないと
すぐそばの国道に引っ張って行き

車に轢《ひ》かせると脅す
七歳のときには
二階の窓から上半身を出され
落っことすと脅されたこともあった
「こんな問題分からないの？」
そう言って先の尖った鉛筆で
手をつつかれたこともあるのに
当の本人は全然覚えていない

「そんなことした？」
笑って話す
今も私は母が大好きだ

⚜ 初めてのキス

初めてのキスは
知らないおじさん
小学校二年生の学校の帰り道
バスに乗らずに友達と歩いていた
横を通る車から声をかけられる
「用務員のおじさんだよ
家まで送っていってあげる」
独りだったら絶対に乗らなかった
二人だから乗ってしまった
私は助手席に招かれた
車は家を通り過ぎ

知らない山へ連れて行かれる
おじさんは
いきなり私にキスをした
あんまりいきなりだったので
逃げられなかった
ぬるっとした物が口の中に入ってきた
『なに？　これ？』
気持ち悪い　気持ち悪い　気持ち悪い

おじさんはズボンを脱げと言った
私が嫌だと言うと
そのあと家まで送ってくれた
その間　私はずっとつばをためては
車の窓から吐き捨てた

気持ち悪い　気持ち悪い　気持ち悪い

＊

私はディープキスが嫌いだ
（たぶんこのせいで……）
小鳥の嘴《くちばし》を
ついばむような
そんな優しいキスが好きだ

⚜ 不思議な想い

隣のクラスに
少年のような女の子がいた
そこだけ空気が澄んでいるようで
その中できらきら輝いていた
これ以上の真っ白はないというくらいの
清潔感を漂わせて

——あの子と友達になりたい——

六年生になったら
同じクラスになれないかな

それがどういう気持ちか
わからなかった

願いが叶って
同じクラスになれた
仲良しにもなれた
修学旅行で寝るときに
怖くて眠れないからと
嘘をついて
手をつないで寝てもらう
温かな気持ちになれて
嬉しかった

でもそのときには
その気持ちが何なのか
私には
まだわからなかった

⚜ 普通の女の子

小学生の私は
たぶん友人達より少しおませだった
どちらかというと
地味で大人しい女の子だったのに
くせ毛の髪をカーラーで巻いたり
ピンカールをしたり
マニキュアをつけて
学校に行っていた
性に対してもとても興味があって
本で仕入れた情報を
友人達に教えてあげた

男の子にラブレターを渡したのも
バレンタインのプレゼントを渡したのも
私は早い方だった
でもただ少しおませなだけの
普通の女の子だった

⚜ 狂い始めた何か

その夜
母は会社の旅行で家に居なかった
狭い団地の中
父と弟と私の三人で
夜を過ごした
弟と布団を並べて寝ていた私は
深夜　ふと人の気配で目が覚めた
父がパジャマの上から
私の胸を触っている
一瞬　寝ぼけて
母と間違えたのかと思った

びっくりしたが
声を出せば弟が起きてしまう
私は黙って
寝た振りをしたまま
寝返りを打った
父は自分の布団に戻っていった

その頃から父はよく
プロレスごっこと称して
私の身体に触ってきた
あのとき
母と間違えたわけではなかったのだと
思ったけれど
私は父に反抗的になるだけの
ささやかな抵抗しか出来なかった

⚜ 冗談半分は本気半分

一つ年上の演劇部の先輩は
女の子ばかりなので男役をしていた
私は先輩が大好きで
いつも部活が終わって帰るとき
大声で叫んでいた
「ジャック愛してる！」
先輩の役名だ

自分の役名で
冗談半分のラブレターを出した
『アニーへ』と役名で返事をくれた

なんだかくすぐったくて
でも嬉しかった
お芝居の練習でつかんだ手を
離さなかったこともあったけれど
私の無邪気な行動を
いつも皆
微笑ましく見ていてくれた
私は同級生にも年下扱いされるような
心も身体も小さな子供だったから

同じクラスで交換日記をしている
好きな男の子もいたから
先輩に対する気持ちが何なのか……

そのとき
自分でもまだ
気づいていなかった
冗談半分は
本気半分だっていうことに……

⚜ 全てが狂った夜

十三歳の誕生日を迎える
少し前だった
その夜も母は会社の旅行で
家に居なかった
私は眠るのが怖くて
なかなか寝つけなかった

思っていた通り
父が私の布団の中に入ってきた
今度はパジャマのボタンを
外そうとする

でもなかなか外れない
おませだった私は好奇心にかられた
父に気づかれないように
そっと自分で
ボタンを外しやすいようにする
この時……
私は何かをなくした
父は私の胸に触れて
唇に口をつけた

なくした物は少女の天使の翼
それが悲しくて……
性に興味を持ってしまった自分に
嫌悪感を持つようになった

おませだった私は
何も知らない子供の振りを
するようになる

好奇心が
悪魔の囁きだったことに
気づいたのが
遅かった

⚜ 早朝の教室で

まだ誰も来ていない
教室に早く行って
詩や戯曲や
童話のヒロインのセリフを
まるで舞台に立っているかのように
声を出して読むことが好きだった

シーンとした真冬の
冷たい張り詰めた空気の中
私の声だけが響く……
何だかとても新鮮で

神聖な時間……
動かない空気の中で
止まっているような時間の中で
私だけが存在する
なんて気持ちがよいのだろう
その私は現実の私ではなかった

あの日から
現実嫌いになった私は
自分とは違う何かに
なりたかったのかもしれない

⚜仲間

母親を早くに亡くした父は
小学校もまともに出ておらず
読み書きが出来ない
そのための勉強もせずに
パチンコに明け暮れている
そんな父親を軽蔑していた
成長するにつれて
父をバカにするようになる
当然反発しだしたのは
普通の思春期より早かっただろう
口で私に勝てない父に

ベルトで殴られ
足にみみず腫れが出来た
特にお酒が入るとうっとうしい
試験勉強で
静かにしていて欲しい時さえ
独りでずっと喋っている
あの狂った夜以来
余計に父の言葉に敏感になる
思春期の女の子が聞きたくないような
下品なことを言うのが耐えられない
狭い団地に自分の部屋はなく
キレそうになるとトイレに閉じこもる

クラスメイトに
アル中の父親を持つ子がいた
放課後に二人で語り合う
私達の中学校は荒れていて
屋上へ続く階段には煙草の吸殻や
シンナーを吸った跡が一杯だ
そんな中での約束
バカな親のためにぐれるなんて
絶対やめようね
自分を大切にしようねと

⚜ 半日だけの家出

中学二年生になって
学校が変わった
マンモス校になったため
分裂したのだ
仲良しの友達や
励ましあった仲間と
別れて淋しかった

＊

まだ肌寒い春

父の言うことに
反発するという抵抗しか
出来なかった私は
何も知らない母にも
反抗的だと叱られて
このままだと自分が死ぬか
父を殺すかだと思い詰めた
けれどそんなことは出来ない
だから家を出よう
理由は書かずに
それだけを書き残して
行き慣れた友達の所へ
電車に乗って行った

私が遊びに来ただけだと
思っている友人の家に
母からしい電話が鳴る
私は走って逃げたが
友達の所以外
独りで電車に乗って行ったことがなく
あてもなくただ歩き続けた
陽が落ちてくると
民家の灯りが切なかった
あの中にはきっと
温かで平凡な暮らしがあるのだろうと
羨ましくて涙が出てきた
春の夜風は躰より心を寒くした

そのうち家がなくなってきて
山の風景に変わる
国道らしき道を
歩き続けているうちに
だんだん怖くなって
仕方なくまた来た道を
戻っていく
涙でぼやけたヘッドライト
その中に何度
飛び込もうとしただろう
その度に
クラクションの音に
邪魔された

真夜中
気がついたら
家に戻っていた
抱きしめて欲しかった母は
ただ泣いていた
家出の理由を聞いて
また泣いた

*

両親のいない父の兄夫婦に
離婚の相談をするが
子供の将来のためと止められた
また変わらぬ日々が始まる

でも今までと違うことがあった
母が全てを知っていてくれる
それだけが救いだった

⚜ 幻の翼をつけた私

家出のあとから
私の中で何かが変わった
少しおませな普通の女の子が
現実逃避をして
少女趣味でメルヘンチックな
夢ばかり見るようになる

私の瞳は現実を見ているけれど
心が現実を映さない

少女の心をもぎ取ってしまったのは

■

誰でもなく私自身……
なくしたものはとても大切に感じ
私は少女でありながら
純真な少女に憧れる

大人なんて大嫌い
少女のままがいい
日本なんて大嫌い
西洋に憧れる
塔や暖炉やサンルームのある家
庭には薔薇があふれていて
レースやフリルのついた服が着たい
日本には習慣のない
親子や友人同士の

■

肌の触れ合いにも憧れる
抱き合ったりキスしたり……
不老不死の一族の
仲間になりたいと思った
精霊になりたいと思った
少年愛に憧れた
現実離れすることで
私はなくした翼の代わりを見つけた

私のつけた幻の翼は
少々異質だったから
誰にも私のことが解らない
解って欲しくて
私は自分のことばかり話す

でも本当に話したいことや
相談したいことは話せない
話せないから誰にも私が解らない

少女趣味で頼りなく
子供っぽい私は
誰にも頼りにされなくて
親友が出来ない
ギブ&テイクでない関係は
友達同士でも淋しいものだ
私は大好きな友達に
片思いをすることになる
でもそれも誰のせいでもなく
私自身のせいだった

ガラス細工のおもちゃ箱

⚜ ガラス細工のおもちゃ箱

独りぼっちを知ったとき
詩を書くことを覚えたの

誰にも何にも話しようのない
淋しい想いを埋めたの

そうして自分の殻に
閉じこもっているうちに
私だけの世界が出来た

夢と憧れと切なさと
やりきれなさが詰まっている
ガラス細工のおもちゃ箱

⚜ ― 時を止めて ―

（1972～1974）

何故
時は流れるの
何故
〃幸せ〃は止めておけないの
何故
〃幸せな時〃は戻らないの
何故
少女のままでいられないの

⚜ 小さな呪文

少女でいたい
　少女でいたい
少女でいたい
　少女でいたい

呪文のように繰り返すわたし
できれば少女のままで
わたしの時を止めて
——時を——
——止めて——

■

神様がお許しにならないのなら
自分でするまで……
このまま少女で
生き続けることだけが
時を止めることではないのよ
神様がお許しにならなくても
方法はあるのよ
ひとつ

でもね
やっぱり
呪文のように
繰り返すことしか
できないの

■

少女でいたい
少女でいたい
少女でいたい
少女でいたい

⚜ 魔法使いのおばあさまへ

ねぇ
魔法使いのおばあさま
お願いがあるの

その白い
何も書いてない
ノートと
わたしの記憶を
とりかえて下さらない?

ねぇ
魔法使いのおばあさま
お願いがあるの

その白い髪の向こうは
楽しいところ?
だったら
連れて行って下さらない?
ねぇ魔法使いの
おばあさま……

架空の世界

架空の人を知り
架空の人に憧れ
架空の家に住み
架空の物に飾られる
全て架空でまとった
私の周り
自由です
その世界にいる時は
私の夢は叶えられ
誰も邪魔する人はいない
架空の私だけの世界

誰ひとりも入れない

架空の人を知り
架空の人に憧れ
架空の家に住み
架空の物に飾られる
私の周りは
歪んだガラス
幸せだけど
何か物足りなく淋しい
架空でまとった
私の世界
私の夢

⚜ 長い闇の始まり

その人は
私が大好きだった本に出てくる
男装の麗人と同じ瞳をしていた
神秘的なその瞳……
ハーフと見間違われるような
白い肌に栗色の髪……
好きな友達ではあったけれど
どうしてそれ以上の想いを
持ってしまったのだろう
ただその瞳に
憧れているだけなんだ

思春期によくある
本当の恋の準備っていうものなんだ
自分にそう言い聞かせていたのに
そうでないことに
だんだん気づき始める

その人と一緒にいられる時間が
何よりも好きだった
その人の前では
私は幼い少女に戻れたから……
辛いことがあると
その人の所へ飛んで行った
いつもいつも
優しく迎えてくれた

「可愛いわね」と年下扱いして
猫のように喉をなぜる
私は陽だまりの仔猫のように
幸せになれた

ただ一度
その人は私にナイフを投げた
同性愛を描いた本を
読んでいたその人が
「気持ち悪いよね」と言った
私は「そうだね」と言いながら
心に刺さったナイフの痛みに
耐えていた

三年生になってクラスが替わった
新しい友達が出来て
私のことを忘れられるのが怖くて
交換日記をしてもらった
好きな男の子が出来て
片想いの恋の悩みなんて
書いていたけれど
卒業間近になって
離れたくないと思う人は
その人の方だった
違う高校に行くその人と
いつまで友人でいられるだろう……

＊

もう一人
姉のように慕っていた友人がいた
その友人とも違う高校で
私にとって卒業式は
死刑執行日のように思えた
でもそれならば
ジ・エンド
待っていたのは
その先何年も続く闇だった

⚜ あなたの瞳に

ああ
もう何十年も昔のことのような
気がします
過ぎ去った春の日
あなたの瞳に魅せられて
小さな心をときめかせ
あたたかな春の光に輝く
美しい横顔を何も語らず
見つめていた私
あなたの瞳は神秘的で
魔力さえ持っているようで

あなたの瞳に見つめられると
吸い込まれそうになるのです
いつか夢に見た王子さまのようで
あなたが少女であることさえ
忘れてしまいそうになるのです

過ぎ去った春の日
あなたの瞳に魅せられて
いつしか私の心は
狂ってしまった

⚜ 春の嵐

舞うよ
　舞うよ
　　舞うよ

咲きかけた花
やぶれたノートのきれはし
冬が忘れた何か

舞うよ
　舞うよ
　　舞うよ

長い長い少女の髪
白いスカートの裾
水色の帽子
そして　私の愛

⚜夜に

夜よ
眠りにつきたまえ
私の哀しみを知っているなら
私もおまえのところへ
連れてお行き
夜露が私の涙だと
だれが気がつくものか
だから
かまわない
私自身
おまえそのものになりたい

■

ああ
夜になりたい
あの目覚めたときの
なんと憂鬱なこと
いつもいつも
何も見いだせるものはないのに
夜よ
早く連れてお行き
私の哀しみを知っているのなら
星づたいに
あの人達のところへ
夢の世界へ

■

⚜告白

世の中に
こんなに切ない想いがあるなんて
思わなかった
世の中に
こんなにときめく想いがあるなんて
思わなかった

毎日会っていた人に
会えないことが切なくて
会えなかった人に
偶然出会えたことが嬉しくて

心臓の音が
もう抑えきれないと言っている
「貴女が好き」だと
言わずにいられないと言っている
信頼できる友人に
一緒に居てもらい
彼女を私の家に呼んだ

「なに？　なに？」
息を切らして嬉しそうに
走って来た彼女の
顔色が変わって行く気配がする
私はずっとうつむいて
途中からは泣いていたから

■

彼女の表情は知らない
空気が教えてくれたのだ

長い沈黙のあと
ひとこと彼女が言った
「以前のような友達同士に戻りたい」
私は泣き続けていることしか
出来なかった

■

⚜ 叶わなかった願い

〝貴女の胸で
泣かせて欲しい〟
ただそれだけの願いが
どうして聞き入れて
もらえなかったのだろう
無理なことを
言ったつもりはなかった
私を愛して欲しいなんて
そんなこと
始めから無理だと
わかっていたから

貴女を忘れるために
あなたの胸で
泣かせて欲しいと
言っただけなのに……

貴女を忘れるための
願いが叶えられなくて
貴女を忘れる術を
なくしてしまって
私の心は
貴女を想ったまま
闇のなかを
彷徨い続けていく……

■

― 閉じたガラス ―
（1974〜1977）

閉じたガラスのあいだから
求めていたものは
やさしい愛のかけら
私を映す瞳
　　&精神安定剤

⚜ 夢はガラス

夢は
ガラス
望みは何
私の愛はあなた
あなたの愛は何

ガラスは
砕けてしまったの
バラバラになって
飛び散ってしまったの
その破片がひとつ

私の胸に突き刺さって
私の胸は血だらけ
あなたに
助けて欲しいけど
あなたの愛は
私にないから
だめなの

夢は
ガラス
望みは何
私の愛はあなた
あなたの愛は何

⚜ 五月の翼

恋しかった中学の友達
くだらなく見えた高校の同級生
私は声をかけてくれる級友さえ拒絶して
自分の殻に閉じこもる

＊

授業中
ペン先を思いっきり
腕に突き立てて
あの人の名前を刻む

躰の痛みが心の痛みを
一瞬だけでも忘れさせてくれる
傷が治りかけてはまた傷つける
いったい何度そんなことを
繰り返しただろう

＊

少し学校にも慣れて
友達が欲しくなったときには
もう私の居場所はなかった
独りでぼうっと教室を眺めていて
ふと　目に止まった
くだらないと思わなかった人

―― 学級委員長だった ――

友達になって欲しいと手紙を出した
いつも独りの私を気にしていてくれて
快く申し出を受けてくれる
でも委員長にも
もう仲の良い友達がいて
文通友達のようなことをしていた

女子高の中で
ボーイッシュな委員長は
人気があった
私は友人としてだけではなく

少し男の子に抱くような感情を
持ってしまった
委員長のことを考えている間だけ
あの人のことを忘れられた
ほんの少し翼をつけたように
――心が軽くなった五月――

⚜飛べない翼

五月につけた翼は
涙という雨に濡れて
重たくなっていた
誰かにもっと軽くして欲しかった
重たい翼をつけた私は
崖っ縁でぶら下がっている状態
そんな私の心を
救ってくれる人が欲しかった
でも中途半端な手の差しのべ方をされると
気を抜いた瞬間に崖から落ちてしまう
〝中途半端な友情はいらない〟と

書いた手紙を渡した
友人として何が出来るか
委員長は一生懸命考えてくれた
あの人の代わりのようにしていた委員長に
心配してもらう資格なんてない私を
一生懸命心配してくれた
私を救えるものは
私だけを映す瞳だなんて
私の口から言えるわけはなく
委員長に解る訳もなかった
そして謎解きのような私の手紙で
委員長の心を振り回してしまった

――季節は夏を迎えようとしていた――

不安

他人の気持ちを
この目で
この耳で
この手で
確かめないと
わからないなんて
信じられないなんて
嫌だね
でも
不安なんだよ
恐いんだよ

それをどうか
わかって
ぼくは
そう
ぼくはそんなだから
ぼくの
たったひとことが
破局を
招いてしまうんだ
だからお願い
どうかわかって……

⚜ 鏡の向こうのキミ

鏡の向こうの
キミ
キミだけは
本当のボクを知っている
だからボクは
誰よりも
キミが好きさ

⚜ 彷徨う心

受け止められなかった想いは
何処に持っていけばいいのだろう
告白した日以来
友達ですらいられなくなって
私はただ
遠くから見ているだけ
学校から帰ると
ベランダから見えるバス停を
ずっと見ている
バスが停まるたびにあの人の姿を探す

見つけると見えなくなるまで
あの人の後ろ姿を目で追っていく
溢れ出る涙を何度も何度も
拭いながら……

――かすかに秋の気配がする頃――

愚かな私

死にたかったわけではなかった
ただ病院の白い壁に
焦がれただけ
ただあの人に会いたかっただけ
それでガス栓をひねった

朝も昼も夜も
あの人のことを考えていた
私が欲しいのはあの人の心だけ
他には何も要らない
家族も何もかも私の命さえも

■

引き換えにしてもいいから
一瞬でもいいから
愛して欲しかった
そんな自分の想いが重たくて
苦しくて切なくて
気持ちを持て余して
朝も昼も夜も
何も考えていたくなくなった
でも日常生活は止まってくれない
どうしても止めたくて
止める方法がわからなくて
白い病院の壁が目に浮かんだ
愚かな私……

■

一つ間違えば本当に
死んでしまうかもしれない
でも他に方法が見つからなかった
わざと弟が帰ってくる時間を見計らった
「お姉ちゃん！　お姉ちゃん！　開けて！」
弟がドアをドンドン叩く
鍵を持っていなかった弟は
近くに勤める母を呼びに行く
走って帰ってきた母は
私の頭を叩いた
泣きながら叩いた
「どうしてこんなことするの！」
説明できる訳がない
愚かな私……

白い壁は手に入らなかった
ただ母と弟と
母が理由を聞きに行って
そのことを知った
姉のように慕っていた
中学時代の友人を
悲しませただけだった

⚜もう何も望むまい

友人が手紙をくれた
『本当に愛していたら
その人を苦しませてはいけない
愛した人の幸せを願う
強い女の子になって欲しい』
そして一編の詩を添えて
『——もう何も望むまい——
——望まずともやってくる
明日がある限り——』
その詩を繰り返し読んだ
もう何も望むまい

望むまい……
私は全て吹っ切れた振りを
することにした

忘れた振りをして
友達付き合いを再開する
笑顔の下で
涙を流しながら……
手に入らないものは
どうしてこんなに
欲しくなるのだろう
想いはさらに強くなった

そうして
このときから
私には
愛しているという言葉が
重すぎて
二度と使えなくなった

⚜ 憧れと夢と現実と

憧れと夢と現実を
一緒にしてしまった時から
私は狂っている
あの人の瞳に憧れて
あの少年たちの
透き通った愛に憧れて
白い死に憧れて……

もうひとつの世界を
夢見
架空の世界を

心の中に創り上げ
それが手に届かないと
わかった時
私は ――

憧れと夢と現実を
一緒にしてしまった時から
私は狂っている

⚜ 通り過ぎた人

私の心の理解者を求める気持ちは
委員長に上手く伝わらなくて
散々委員長の気持ちを振り回したあと
私は心を閉ざしてしまった
なのに上級生との関係で
傷ついた私を
またかと呆れながらも
委員長が心配してくれる
なかなか二人でゆっくり話せなくて
誰も教室に居ない早朝や放課後に
時間を作ってくれた

「あの二人おかしい」
そんな噂を立てられても
「気にしないで」と平気でいてくれた
それが本当であればいいのにと
私が思っているなんて
夢にも思っていなかったであろう
委員長は本当に純粋な人だった
そんな委員長を私は振り回し続けて
一年間が終わった

淋しがりやな人だったから
私が淋しがっているということだけは
わかってくれていた
でもそれ以上のことはわからない

■

「一緒にいるだけの友達じゃあ駄目なの？」
そんな言葉が心に残っている
とても好きな人だったけれど
私の前をただ通り過ぎただけの
クラスメイトで終わった
委員長の優しさや純粋さを
利用したり弄《もてあそ》んだりしたつもりはない
そのとき　そのとき
私の気持ちは真剣だった
でも何故かずっと後ろめたさだけが残った

■

何故かしら

何故かしら
春が来るというのに
何故かしら私は独り

いつもそばに居た友も
今は愛を知ったから
私の手では
つかみきれない

すうるり
するり

■

どこか隙間を見つけて
すうるり
するり
抜けていく

■

⚜真実

私の
言葉のひとつひとつが
ぽォんと
何かに
跳ね返ってくる

愛しているって言葉も
真実ってものに弾き飛ばされて
冷たい瞳で私を見ている

それが耐えきれなくて

私も
ぽォんと
弾き飛ばされようとする

⚜ 水色の妖精

水色が好きなの
透き通った
淡い水色のような
あなたが好きなの

いつか空に見た妖精や
太陽にキラキラ輝いて
はしゃぎまわっていた水の精

忘れてしまっていたものを
見つけたときのうれしさって

■

知ってます?

どうしたって水色になれないものが
あこがれて　あこがれて
いつの日か
水に溶けてしまいたい

な・ん・て

水色が好きなの
水色のような
あなたが好きなの

■

⚜ 時の流れの王子さま

夢の舞台に立っている
あなたは
時の流れの王子さま
このときを過ぎれば
もう永久に消えてしまう
少女の夢の
そんな儚い王子さま
あこがれで
胸を一杯にして
甘酸っぱい想いを
抱きながら

■

いつか来る
目覚めの時を恐れて
ひとときの夢に
ひたっている私

■

⚜ 闇の続き

高校二年生は夢の世界に入り浸り
平穏に過ぎていった
三年生になって
別のクラスにいた友人で
大好きだった人と同じクラスになる

嬉しいと思ったのは束の間だった
活発な彼女は
すぐに沢山の友人が出来る
いっしょに居られると思ったのに
ゆっくり話も出来ない

また『交換日記』に頼る
でも彼女にも私は重たくて
受け止められなかった

⚜存在

あまりにもちっぽけな
自分の存在を
嘆いたことが
あったけれど
ねぇ今
あなたの中に
私はどれくらい
存在するのですか

⚜ 恋と友愛

何十人もいるクラスメイトの中で
一人の人としか一緒にいたくないという私に
友達の一人が言った
「それは女友達に持つ感情ではないよ
男の子に持つ感情だよ」

——どうして?

これは恋ではないのに
躰を求める気持ちはなかった
心だけ私に向けて欲しかっただけなのに

私は訳がわからなくなってきた
恋と友愛の違いが
わからない
わからない　わからない……
わかることは
私が孤独の闇から
抜け出せないということだけ……

⚜ 淋しがりや

知っている？
淋しがりやは
みんなおばかさん
何もならないと知りながら
無駄なことを繰り返すだけ

⚜ 確かなもの

確かなものが
一つもない今
何を信じればいい
どうやって生きればいい
一番確かでない
この私が

秋に降る

秋に降る
小雨よりも冷たく

孤独を見つめ
孤独を愛し

枯葉よりも
枯れ果てて

夏が忘れられたように
誰からも忘れられ

冬が訪れる前に
一筋の光となって
消えてゆきたい

夢 I

夢を追いかけても
つかまえることは出来ないって
わかっているのに

遠い目をして追いかける
追いかける
私がもう
立ち直れないほど
深く傷つくまで

夢 II

遠い日が夢を呼んで
哀しみが涙を呼んで
私はひとしずくの露になる

あなたの頬にふれて
何かに気がついてくれたら
ただそれだけで
しあわせなのに

⚜ 諦めようにも

諦めようにも諦められず
忘れようにも忘れられず
捨てようにも捨てられない
この想いは何
求めたものが求められず
夢見たことが間違いで
無に戻そうとしたけれど
何故なの
もとに戻れない
自分の心が
どうしてこんなに

自由にならないの
泣くのが嫌ならもうおやめ
人を追うのはもうおやめ
恋したのはあの人だけ
なのに誰を追う必要があるの
何が私を離さないの
優しかった日
優しかった時間
想うことに焦がれて
辛いくせに
つかまらないものを
追うのが好きで
つかまえたと思ったら
それはただの抜け殻だった

⚜ 幻の私

卒業前に
クラスメイト達に
書いてもらうサイン帳には
笑えるくらい
同じようなことが書いてある
『早く大人になろうね』
『夢ばかり見ていたら
現実に幻滅するから
しっかり現実を見よう』
そんな類のことばかり……
私は大人になりたくなくて

わざと時を
止めようとして
子供っぽく振舞っていたし
現実には
とっくの昔に幻滅していたから
夢を見ていたのに……
『幸せな夢見る女の子』としてしか
級友には見えていない
『上辺だけしか知らないで
勝手に私を決めないでよ』
いつも思っていた

幻の翼をつけた私なのだから
幻の私の姿でしか

他人の目には映らない
そのことを私は忘れていた

⚜卒業

こんな淋しい所から
早く抜け出したいと
待ち焦がれていた卒業式の日
みんなで屋上に上がった
私は空を仰いだ
これから
どんな世界が待っているのだろう
大嫌いな大人の世界で
私の神経はもつのだろうか
純粋でいたいけれど
学校とは違って

自分の殻に閉じこもって
自分を守ることなんて出来ない
これ以上
世の中に汚される前に
死にたいとも考えた
でもそんな勇気もなく
私は現実に存在する夢の世界に
浸っていたかったから
仕事場はお芝居の場所だと思って
本当の自分がいる場所では
ないのだと思って
生きていこうと思った
もし本当に
私の神経がもたなくなったら

自分で手を下さなくても
心がこの世から
消えてしまうだろうから
それまで頑張ろう
『死』はいつでも
見守っていてくれるから……
そう思うことにした

⚜ ― やさしさに焦がれて ―
（1977～1981）

どうしてこんなに
やさしさに焦がれるのか
わからないけれど
この現実の中で見つけた
ただひとつの美しいものだから……
この世に〝やさしさ〟が在る限り
私はもう ――
何があっても生きていける

⚜ 夢びたり

高校を卒業して
仕事を始めるまでの間
夢の中だけで暮らしていた
レースとフリルが一杯の服
レースとフリルのバッグと靴
まるで自分が舞台に出るような格好で
同じ舞台を数え切れないほど観に行った
これから始まる現実という舞台から
逃げるように
夢の中へ……夢の中へ……

私自身の舞台の開演まで
あと僅かだった

⚜ 裏切り

「男はみんな狼だ」と
幼い頃から父が言っていた
自分自身が証明して見せた
それでも信じていた男性がいる
けれど彼も同じだった
疲れきって無防備な
私に覆いかぶさってきた
私はもうあの小学生の時のような
思いをするのは嫌だったから
思いっきりきつく唇を閉じた

しばらくして
彼は理性を取り戻して謝ったが
私は許さなかった
子供の頃から
本当の兄のように思っていたのに
こんな裏切り許せるわけがない！

男性経験が出来て
少し大人になった頃
ようやく
表面上は許せるようになったが
裏切られた思いが
消えることはない

陽だまりの中で

信じられない
時の流れよ
やさしく私を包んで
夢の中に戻しておくれ
もう何も見たくないから
もう何も知りたくないから
暖かな陽だまりの中で
やさしさだけを胸に秘めて
生きていたいから

⚜ 静かに狂っていたいのです

静かに狂っていたいのです
砂糖菓子のような
少女の夢の中で

やさしい想いに
包まれて
華やかに
軽やかに
時を過ごしていたいのです

止めてしまうことの出来ない

時の流れに
押しつぶされて
しまうまで

⚜ やさしさに焦がれて

何故
純粋でありたいという
自分の心を裏切ってまで
生きているのかって
この世でなければ
この現実の世界でなければ
やさしさも温かさも
求め得ることの
出来ないものだと知ったから
やさしい音楽
やさしい詩

大好きな人のそばにいるだけの
やさしい時間
厳しさの裏に隠された
やさしさ……
——どうして人間って
こんなにやさしいのかしら
そんな思いを重ねていくだけでも
生きている
値打ちがある気がするの
ほんの少しのやさしさにも
触れていたいから
ほんの少しのやさしさをも
見いだしたいから

そうして
哀しみや苦しみを感じるのは
生きている証なのだと思っていれば
もうどんなことがあっても
私は生きていける

⚜ 気まぐれ天使

誰にも
何にも
摑まらない
いつも空を
舞っていたい
決めつけられるのも
縛りつけられるのも
いや

自分にとっての
真実であれば

何も
気遣うことなく
自由な心のまま
生きていたい

それが
わがままであっても

ひたむきで
一途であれば
そうして
それを許して
受け止めてくれる人がいれば

気まぐれな
天使にさえなれるでしょうから

勇気

いつもいつも
傷つくのが怖くて
何も信じきれないでいる

心の強い人間には
どうすれば
なれるのでしょうね

信じることは
とても勇気の
いることだから

⚜ 片想い

人はどうして
独りでは生きられないのかしら
心の底では
いつも独りなのに
独りでしかいられないことを
知っているのに
どうして誰かを
求めてしまうのかしら

〝誰も好きになるまい〟
そんな想いは

いつも簡単に崩れてしまう
好きにさえならなければ
傷つけることも
傷つくこともないのに

好きにさえならなければ
こんなにも
切なくつらい
孤独なんて
感じはしないのに

⚜独り

ほんの少し
私の淋しい心に
向けてくれる心があれば

いじけてしまった
淋しい心を
やさしく包んでくれれば

ただひとときの
そんなやさしい時を抱いて
生きていけるわ

明日から
また独りだって

⚜『死』に気づいて

初めて『死』に気づいたのは
小学校五年生のとき
突然
人間って死んだら
どうなるのだろうと考えてしまった
考え続けていると
怖くて怖くて仕方なくなって
泣き出してしまった
それから『死』は
幾度となく私を怖がらせに現れる
大人になっていくにしたがって

怖くなるものだと
思っていたが反対だった
大人になるほど
想像の世界が広がって
私を怖がらせる

＊

ねえわかる?
死を考えていると
心が遠い宇宙の果てまで
飛んで行ってしまうなんてこと
真っ暗な宇宙空間に
ぽっかりと私の心だけが浮くのです

考え続けていると
心臓の鼓動は速くなり
指先まで冷たくなってくる
こちらの世界に
帰って来られなくなりそうで
慌てて大声を上げ
心を呼び戻す

*

『死』は
私を誘惑したり
怖がらせたりするだけではなく
勇気をくれたこともあった

いつでも私が
逝きたいときに逝けるように
両手を広げて待っているから
安心して生きておいでと
そうして
『死』の存在に気づいたときから
私は刹那主義になる
自分の生き方にわがままです
（他人に迷惑かけない程度に）

あるお芝居の中の大好きなセリフ
『好きにしていいときは、何も考えないで好きにするの。出来なくなったらそれでおしまい』

本当にその通りに
生きられたらいいと思っていた
何をするにも前提に『死』がある
死んでしまったら何も出来ないから
やりたいことを我慢して
終わる人生なんて嫌だと思ってしまう
たとえのたれ死んだとしても
私は――
やりたいときに
やりたいことをするの

七年目の春

憧れた十四歳の少女が
女へと変わっていく姿を見ながら
少しずつだが
苦しさが少なくなっていった

人間の細胞は
七年で全て替わるのだと
何かで知った
私の細胞のひとつひとつが
やっと彼女を
忘れてくれたのだろうか

私の想いを告白したあの日から
七年目の春
ようやく彼女への
想いが消えようとしていた
――新しい恋が始まって
いたからかもしれないが――

学生時代も社会人になってからも
色んな人を好きになったが
四季を巡り次元を超えて
還るところはいつも
遠い日の彼女の瞳の中……
誰を好きになっても
そんな感じだった

郵便はがき

恐縮ですが
切手を貼っ
てお出しく
ださい

160-0022

東京都新宿区
新宿1－10－1
(株) 文芸社
ご愛読者カード係行

書名				
お買上書店名	都道府県　　市区郡　　書店			
ふりがな お名前			大正 昭和 平成　年生　歳	
ふりがな ご住所	□□□-□□□□		性別 男・女	
お電話番号	(書籍ご注文の際に必要です)	ご職業		

お買い求めの動機

1. 書店店頭で見て　2. 小社の目録を見て　3. 人にすすめられて
4. 新聞広告、雑誌記事、書評を見て(新聞、雑誌名　　　)

上の質問に1.と答えられた方の直接的な動機

1. タイトル　2. 著者　3. 目次　4. カバーデザイン　5. 帯　6. その他(　　)

ご購読新聞	新聞	ご購読雑誌

文芸社の本をお買い求めいただき誠にありがとうございます。
この愛読者カードは今後の小社出版の企画およびイベント等の資料として役立たせていただきます。

本書についてのご意見、ご感想をお聞かせください。 ① 内容について
② カバー、タイトルについて
今後、とりあげてほしいテーマを掲げてください。
最近読んでおもしろかった本と、その理由をお聞かせください。
ご自分の研究成果やお考えを出版してみたいというお気持ちはありますか。 ある　　ない　　内容・テーマ（　　　　　　　　　）
「ある」場合、小社から出版のご案内を希望されますか。 する　　しない

ご協力ありがとうございました。

〈ブックサービスのご案内〉

小社書籍の直接販売を料金着払いの宅急便サービスにて承っております。ご購入希望がございましたら下の欄に書名と冊数をお書きの上ご返送ください。　（送料１回210円）

ご注文書名	冊数	ご注文書名	冊数
	冊		冊
	冊		冊

＊

男性が嫌いな訳ではない
ただ少し男の人との恋に
臆病になっていた
夢の中に住んでいたいのに
男の人と付き合うと
現実の世界に
引き戻されるような気がして……
自分から好きになった人には
告白もしたが
子供過ぎる私は相手にされず
反対に男性から誘われたときには

何か下心があるのではないかしら
そんなことを考えてしまって
お茶に誘われても行けなかった

*

二十歳を過ぎた頃
彼女はずっと夢に見ていた
熱烈で劇的な大恋愛を本当にして
駆け落ちをし
しばらくして赤ちゃんを連れて
私の前に現れた
幸せそうな彼女を
やっと静かな想いで見ることが出来た

*

私の手帳のアドレス欄を見ると
いつも一番初めに
一番好きな人の名前が書いてある
彼女の名前が
二番目に入れ替わったのは
二十二歳になった年だっただろうか……

⚜―運命―（1978～）

もし運命というものが
あるのだとすれば
彼女に出会ったことも
彼に出会ったことも
運命なのでしょうか……
会わなくなってから
十八年間想い続けている彼女と
別れることが出来ず
十八年間付き合い続けている彼……

⚜ 彼女との出会い

初めて出会った彼女は
サラサラのショートカットに
縁なしの眼鏡をかけた
少年のように爽やかな人だった
私は一目で好きになったけれど
もう女の子に恋をするなんて
苦し過ぎるから……
自分の気持ちに知らん顔をする
臙脂《えんじ》色のレースとフリルの服を着た私に
同じ色のパンツをはいていた彼女が
「結婚式みたいだね」と言う

ときめく心を抑えて
彼女とは友人とも呼べない
知人程度の関係を保っていた

⚜ 運命の始まり

彼女が親の反対を押し切って
劇団の研究生になると聞いたとき
自分の夢にまっすぐに突き進む彼女に
また惹かれていった
素敵な人に恋をするのに
どうして男女の区別がいるだろう

私がなりたかったものへの思いは
何が何でもというほどの思いでもなく
相変わらず夢の舞台に入り浸り……
けれどそんな受身ではない何かを

自分でしたくて
でも何がしたいのか
何が出来るのかわからなくて
何かに燃えたいのに燃えきれない
不完全燃焼状態だった
何か自分を触発するような
刺激が欲しくて
一通の手紙を出す

この手紙が
私をまた苦しませることになると
どうして気づかなかったのか…
知らん顔して通り過ぎようと思った足を
どうして止めてしまったのか

悔やまれてならない
――けれども
抱きしめたくなるくらい
愛しい日々
死んでしまった人が
美化されるように
死んでしまった恋もまた
美しいまま
心に残るのでしょうか

⚜ 切なさが愛しくて

恋と呼ぶには
重すぎて
憧れと呼ぶには
切なすぎる
この想いをどうすれば
よいのでしょう

＊

貴女に会いたい
貴女に会いたい

いつも忙しい貴女に
なかなか会えなくて
会いたいという理由も
見つけられなくて
貴女と一緒に観に行ける
舞台はないかと探してはため息をつく

貴女に会いたい
貴女に会いたい
一日中それぱかり考えている
誰に出してもいい手紙を
貴女に書きたくてペンを執る
貴女の心に私を残したくてペンを執る

なかなか返事が書けないからと
カセットテープで
返事をくれた
「お得意のお喋りで……」と
出だしの音楽から覚えている
テープが切れてしまうくらい
何度も何度も
貴女と会わなくなってからも
聞いていたから……
テープが傷むからと
ダビングしてまで
聞いていたから……

＊

切なさまでが
愛しかった

*

いつからか
彼女に宛てる手紙に
私の想いを少し遠まわしに
書くようになった
私の気持ちに気づいて欲しい
でも気づかれてしまったら……
以前のことがあるだけに
すごく臆病になっていた

相手が以前と違って
十四歳の子供ではないということを
私は忘れていた
どうしようもない想いを
抱えてしまう前に告白していれば
何か違う結果が
出ていたかもしれないのに……

⚜ 独り遊び

冗談半分で送った
バレンタインチョコ……
私の想いを
ぎりぎりのところまで書いた手紙……
返事が来るまで食事が喉を通らない
返事が来てホッとする
そんなことばかり繰り返していた

彼女と久しぶりに会って
食事に行ったとき
私はほとんど食べられないほど

嬉しさで胸が一杯だった
そのとき
何かの話で彼女が私に
「ナルシストだね」と言った
「ナルシストは同性愛に
走りやすいんだよ」とも言った

別れ際
始発駅のバスが出るまでの
長い時間
見送っていてくれるなんて
別れたあと
無事に家に着いたかどうか
電話をくれるなんて

普通は友人には
しないから

――私は期待してしまった――

彼女の家に泊まるとき
女の子の家に泊まるからと
母に電話をする
彼女が「女でも安心は出来ないのに」
というようなことを言った
その言葉の意味がわからない
振りをしていたけれど
私の気持ちを
受け止めてもらえるかも……

そんな気持ちになっていた

彼女の言動のひとつひとつが
全て私の独り遊びの材料になって
空想の中で私は遊んでいた

抱いてあげようか

ある日彼女が言った
「今のままのあなたと
付き合っていても面白くない」
余りに子供っぽい私を
変えるために
一番いい方法を彼女が言った
「抱いてあげようか?」
私は慌てて首を横に振った
「嫌なら仕方ないね」
――嫌なわけがない
いつも彼女に抱かれる夢を見ていた

私の心を見透かされるのが怖かったから……
もし私が首を縦に振っていたら
どうなっていたのだろう
そのあと何度も考えたけれど
私にはそれを現実にする勇気はなくて
夢見るだけで精一杯だった
それに心が伴っていないのに
そんなこと
私は嫌だったから――

⚜ 一枚の絵のように

一枚の絵の中にある
風景のように
貴女と一緒に居たかった
寄り添うでもなく
ただ自然にそこに
存在している
そんな関係になりたかった

⚜ささやかな幸せ

片想いの恋だったけれど
ささやかな幸せもあった

一緒に観にいったミュージカル
帰りはそのまま彼女の家に泊まる
駅から彼女の家まで
自転車の二人乗り
後ろに乗っている私に
「しっかり摑まって」と言うから
私は思いっきり彼女にしがみつく

彼女がピアノで
弾き語りをしてくれる
このまま
時が止まればいいのにと
私は切なくなって
泣いてしまった

時間がもったいないからと
いつも一緒に入るお風呂の
湯船につかりながら
髪を洗っている彼女の
真っ白で綺麗な背中を
ただじっと見つめていた私……

一番幸せで
一番切なかったのは
眠るとき……
いつもセミダブルのベッドで
一緒に寝ていた
私は彼女の寝息が聞こえるまで
眠れなかった
そうして彼女が
寝返りをうつのを待っている
その胸の中にそっと
抱かれるように寄り添って
眠るため……

そんなささやかな幸せが

私の人生の中で
一番幸せだと思える時間だった

⚜ 言えなかった言葉

彼女はずっと私の気持ちに
気づいていたと言った
けれど過去の傷口を
広げたくなくて
出来れば何も話したくなくて
私が何を言ってきても
放っておけば
そのうち気持ちが冷めるだろうと
思っていたと
でも私の気持ちは
彼女がもう本当のことを言わなくてはと

思うところまで達してしまって
彼女の心の傷口を広げさせてしまった

「同性の恋人と罵《のの》り合って別れたから
もう女の子とは付き合いたくない」

彼女がノーマルな人なら
諦めもついた
だけど違ったから
よけいに諦められない
彼女の腕の中にいた人は
もう結婚していると友人から聞いた
そんな人と一緒にしないで！
私はコンナニアイシテイルノニ

そう思いながら私には
言えなかった言葉
コンナニアイシテイルノニ……

私には本当の愛がわかっていないと
気づかされたときから
誰を好きになっても
どんなに好きになっても
言うことができなくなった言葉……
彼女には言えたとしても
どうにもならない言葉……
好きになったのは私の勝手
わかってはいるけれど……

どうして私じゃ駄目なの？
どうして貴女が愛したのが
私ではなかったの？
どうして？　どうして？
私の心がずっと繰り返し叫んでいた
彼女の恋人だったという人より
先に彼女と知り合いたかった
哀しみよりも悔しかった
彼女を傷つけて
私の想いを入り込めないようにした
その人が憎かった

⚜ 諦めた振り

私の彼女への気持ちを
何とか自分から離れさせようとしたのか
彼女が気になる男の子の話をする
そこは夜景が綺麗な
全面ガラス張りのレストラン
地上を見つめながら
私はそのままガラスを突き破り
飛び降りたい気持ちになった

一緒に遊びに行くのに
今まで穿いた姿を見たことのない

スカートを穿いたりもする
彼女の気持ちが痛いほどわかったから
私もせめて友人でいたかったから
また以前のように
諦めた振りをすることにした

＊

あるとき彼女が
彼女を好きだという女の子に
やきもちを焼くからと
気を遣っているのを見て
思わず「私にはそんな風に気を遣ってはくれないのに」と言ってしまった

彼女は「愛しているのは貴女だけだから」
と言って困ってうつむいていた
「私が本当に言って欲しい言葉を
冗談なんかで言わないで」そう言うと
「ごめん」と言った彼女は
また困っていた
彼女は私が本当に
諦めたと思っていたのだろうか

⚜ 別れの足音

「彼女ニューヨークへ行くらしいよ」
そう聞いた瞬間
気が遠くなっていった
気が狂う寸前ってこんな感じ？
片想いの恋だけれど
友達でいいから会っていたかったのに
それさえ叶わなくなってしまうの？

私は長期滞在だと勘違いしていた
劇団を辞めてプロダクションに入る前に
本場のダンスを見たくて

本場のレッスンを受けたくて
最低一ヶ月は行きたいという彼女に
「私も行きたい」と言った
仕事を辞めてでも行くつもりだった
いつも忙しくてなかなか会えない彼女と
二人きりでそんなに長く居られることなんて
もうきっとないであろうから……

ニューヨーク行きを相談しているとき
困らせてばかりいた彼女に
良い友達を持ったと手紙を貰った
私は後ろめたかった
良い友達なんかではないのに
そんな振りをしているだけなのに……

色々な事情から
行くのは十日程度になった
私はニューヨークには何の興味もない
ただ彼女と一緒に居たい一心だった
そしてもしもニューヨークで
何かあったときには
彼女よりずっと小さな私だけれど
躰を抛《なげう》ってでも彼女を守るつもりだった
それが彼女との
最初で最後の時間となることに気づかずに
私は夢を見ていた……

＊

独り暮らしを始めた頃
彼女のことで悩んでいた私は
誰かに甘えたくて
不倫の相手と付き合うことになる
彼女に彼女のことは
もう何とも思っていないと
思わせるために
そのことを話した
けれど私の指にはしっかりと
彼女のイニシャルの入った
指輪がはまっている
知ってか知らずか彼女が聞いた

「それ誰のイニシャル？」

私は答えなかった

＊

いつものように一緒に寝ていた
彼女の家のベッドで
偶然　私の手が彼女の頭の下敷きになった
起きているはずの彼女が
何故かそのまま動かない
私は抱きしめたい気持ちを
必死に抑えているのに
彼女は動いてくれない
まるで時が止まっているかのようだった

静まりかえった部屋の中で
彼女はいったい何を考えていたのだろう
止まっていた空気がやっと動いたとき
私は後悔した
どうしてあのまま
抱きしめてしまわなかったのか……
それが最後のささやかな
幸せな時間だった

⚜ ニューヨークにて

行きの飛行機の中
私はただ嬉しくて幸せだった
これからしばらく二人きりなんだ
ずっとずっと夢に見ていた時間……
でも彼女は不安だっただろう
私は英語が全く駄目だ
単語さえ
ろくに覚えていなかった
彼女の不安があんな状態を
引き起こしたのだろうか？
そして私がどうして

一緒に行くことにしたのか
解っていたのだろうか
解っていての行動だったのだろうか

*

ミュージカルはいくつか一緒に観に行ったし
ダンスのレッスンも見学させてもらった
けれど目的地まで行ったあと
別行動をしようと言うことも多かった
せっかく一緒に来ているのに……

現地で一日だけ案内してくれた
日本人の男の子が

夜にディスコに誘ってくれた
彼の日本人の友人と一緒に
吹き抜けの大きなディスコに行く
お酒も余り飲めなくてダンスも苦手な私は
踊っている人たちを独りで見ていた
目の前ではゲイのカップルが
チークダンスをしている
その時……
頭上からグラスが降ってきて
私の目の前で飛び散った
それはこれから起こることの
兆しのような出来事だった
ディスコで彼と楽しそうにしている彼女
余り喋らない彼の友人と一緒にいて

つまらない私……
彼の友人に送ってもらい
先にホテルに帰った

いつまで待っても彼女は帰って来ない
寝られないまま朝が来る
心配したり腹が立ったり
彼女が帰ってきたのは夕方を過ぎていた
私は自分のベッドの上で
涙で目を腫らしていた
彼女に切ない自分の気持ちを書いた
手紙を置いて……
手紙を読んでいる気配がする

しばらくして
ベッドにうつぶせになって泣いている
私の背中を抱きしめて謝ってくれる
それでも何も言わず
うつぶせたままの私を
いきなり上に向かせてキスをして
自分のベッドに帰っていった
まるでプレーボーイのようだと思った
そう思ったのに
ほとんど寝ずにいた私の理性が壊れて
何かに誘われるように彼女のベッドに行った
彼女の肌に初めて触れる
「嫌じゃない？」
無返答の彼女の肌の温もりを感じていた

ただ私には
男性経験もそんなになかったから
何をどうしていいのか
わからなかった
彼女はときどき
私の指に反応しながら
人形のようにじっとしていた

彼女はもう私を独りにしないと言った
そうしていてくれた
帰る前日までは……

私をコロシテ

ニューヨークでの最後の夜
ミュージカルを観た
そのミュージカルが終わって
帰る間際に彼女が言った
「迎えがきているの
一人で帰ってくれる?」
一瞬彼女が何を言っているのか
わからなかった
十一時を過ぎた夜のニューヨークを
一人で歩けっていうの?
ホテルはブロードウェイから

歩いて十五分くらいの所ではあったけれど
それより
『もう会わない』って言ったじゃない
そんな言葉を飲み込んで
ホテルに向かう
その間ずっと大粒の涙をこぼして
心の中で叫んでいた
私には余命幾ばくもない弟がいた
だから自ら命を絶つことは出来ない
そんな勇気もない
だから……
ホテルにたどり着く前に
誰か私をコロシテ……
血の涙を流しながら繰り返し続けた
誰か私をコロシテ……

⚜ 落ちて逝く心

無事に
着いてしまったホテルの
高い窓から
長い間
外を見ていた
飛び降りたい衝動を抑えて
私は自分の代わりに
彼女のイニシャルの入った指輪を
窓から
思いっきり遠くへ
放り投げた

サヨナラ……
私の心が落ちて行く
落ちて……
逝く……
日本に帰ったら
待っていてくれる彼のことを
一生懸命思い出して
死んではいけない……
　死んではいけない……
遠い日の呪文のように
一晩中繰り返しながら
耐えていた

⚜決別

ニューヨークから帰る飛行機の中で
もう私は彼女と二度と会わないと
心の中で決めていた
彼女が嫌いになったわけではない
ただもうこれ以上傷つきたくなかった
彼女は芸能界の色に染まっていって
少しずつ変わってきて
彼女を友人として見られない以上
この先付き合い続ければ
きっと私は
ズタズタになってしまうだろう

■

彼女には
何も告げずに別れるつもりだった
これが最後だと思うと
人はなんて優しい気持ちになれるのだろう
心がとても穏やかだった
飛行機で気分が悪いと言う彼女の頭を
私の膝に寝かせてずっと髪をなぜていた
周りの人の目は気にならなかった
そのまま終わりにしておけばよかったのに

飛行機の中で
あんなに穏やかな気持ちでいられたのは
何だったのか……

■

自分だけが傷ついている
そう思ったとき
彼女を同じだけ傷つけたくなった
〝貴女の顔をもう二度と見たくない〟と
手紙にした
同封した写真代も要らないと書いた
「写真代も受け取ってくれないの?」
彼女からの電話の言葉は
彼女には私の本当の気持ちは
何も解っていないのだということを
教えてくれた
ニューヨークに行った私の想いすら
解ってはいなかったのかも……

そういえば現地で知り合った
日本人の女の子と一緒の写真はあるのに
彼女と一緒の写真は一枚もない
一枚も……
それが全てを
物語っているかのように……

⚜ 引きずる想い

好きなのに
ただ自分を守りたくて
彼女を傷つけてまで
さようならを言ったから
想いをずっと引きずっている
あれから二度手紙を出した
二度目に返事が来た
〝もう怒っていないから
舞台観に来て下さい〟
彼女は少し有名になってきていた
そんな彼女に会いに行くのは気が引けた

怒っていないからという言葉も
何か釈然としなくて
モヤモヤとしたものを感じて
言葉に距離を感じて
そのまま時が過ぎていった

彼女をテレビで見る機会が増える
そのうち友人であった時間より
会わなくなってからの時間の方が長くなる
偶然彼女を見かけた日
懐かしさに涙が浮かんだが
私は物陰に隠れてしまった
その日以来
ときどき彼女の夢を見る

夢を見るたび手紙を出したくなった
けれどそれでどうなるというのだろう
時が経っても私には
彼女を恋愛対象としてしか
見られないというのに……

彼女に手紙を出せる機会は何度かあったのに
ためらっている間に余りに長い月日が過ぎ
私の手紙を受け取った彼女は
きっと幽霊に出くわした気分になるだろう
そう思うと出せなかった
そのうち彼女が有名になったから
コンタクトを取って来たなんて
思われたくないと思うようになって

益々出せなくなる
そしてまた時が過ぎて……
その間も何度も何度も
彼女と話している夢を見た
夢の中はいつもハッピーエンドだ
別に私の恋が実るわけではない
ただ普通に話している夢……
そんな夢を見たあと
目が覚めると何ともいいようのない
空しさと切なさに襲われる

——気がついたら
もう十八年も経ってしまった
なのに未だに夢の中に彼女が現れる

早く全てを終わらせておくべきだった
どんなに傷ついても聞きたいことがあった
傷ついてもそれはひとときの感傷
きっとそれを最後に
もう彼女の夢は見なくなるだろう
目が覚めてあんなに切なくなる夢は
もう見たくない
いつまでも引きずり続ける彼女への想いに
早くピリオドを打ちたいけれど……

――時間が経ち過ぎてしまった――

ときどきテレビで彼女を見ては
ああ元気そうだな

それだけ確認して見るのを止める
そこには女優になりたい
有名になりたいと
キラキラ瞳を輝かせていた
彼女の姿は
もう何処にもないから……

⚜ 彼との出会い

仕事で上司になった彼と
初めて出会ったとき
彼はまだ独身だった
けれど二十二歳になっても
まだ夢見る少女だった私には
七つ年上の彼は
ただのおじさん
それなのにいつから
何に惹かれたのだろう
彼のそばにいるのが
楽しかった

お兄さんみたいで安心できて
好きだと思った
そのときには
彼はもう結婚していた

⚜ 一日のはずが……

私は悩んでいた
恋愛の相手として
男の人は
駄目なのかもしれないと……
少年と少女のような
恋をする年齢は
とっくに過ぎていたのに
自分で自分の〝時〟を
止めてしまった私は
上手く大人になれなくて
恋愛の階段も登れなかった

男の人を好きになっても
先のことを考えると怖い

セックスは
いやらしいものだと
私の心に植え付けられていた
だからそんなことを
考えてしまうとき
自分にも嫌悪感を持った
罪悪感のようなものを持った
単純な私は
同性相手ならプラトニックラブが
可能なのだと思っていた
キスしたいキスされたい

そんなことを思っていたくせに
そんな中で友人が結婚していき
母にもせかされ
同性愛者の男性との
偽装結婚まで考えた
ただずっとそばにいて
その人を
好きになってしまったら最悪だ
好きだった女の子のことでも
悩み疲れて
誰かに甘えたくなった

一日でいいから遊園地にでも
一緒に行ってくれないかしら

彼は私が怖がるようなことは
絶対しないと思えたから
彼に甘えたいと思った
そんなことを思っていただけなのに
一日のはずが
気がついたら十八年——

⚜ 初めてのデート

彼が仕事上の付き合いで
遠出をすると言う
思い切って
「私も一緒に行く」と言った
彼は少し驚いて
「いいよ」と言ってくれた

彼の用事が終わるまで
独りで街をぶらぶらする
秋の街は私に囁く
幕を開けてもいいの？

答えを探そうと書店に入った
愛について書いてある本を買って
アンティークな喫茶店で
読んでみたけれど
答えなんて見つからない

そこは日本海が近くにあって
二人で遊歩道を歩いた
彼は私の前を歩く……
二人きりなのに
どうして並んで歩かないのだろう
私は彼と腕を組みたくて
冗談っぽく摑まってみようかと思った
でも振り払われたらどうしよう

そんなことを考えて出来なかった
こんなときには普通は肩なんて
抱いたりするのではないのかしら
子供っぽい私には
そんな気も起きないのかしら
もどかしくて仕方なかった
海はまだ秋の気配を楽しんでいて
荒れる前の静かな波を
私達は見ていた

帰りの電車の中で
彼のことが好きだと言った
彼も好きだと言ってくれた

彼は来るときの電車の中で
私の身の上話を聞いてしまったから
怖がらせてはいけないと
遊歩道でどうしていいか
わからなかったとも言っていた

始めの言葉

彼が言った
「結婚は出来ないよ」
私は結婚願望が
子供の頃からなかったから
構わないと言った

彼が言った
「傷つけ合う前に別れよう」
私は思った
そんなきれいごと
出来るわけないじゃない

そう思いながら
頷いた

⚜ 夢の中

受け止められるなんて
思っていなかったから
言えたのに……
受け止められてしまった
あの時から
私は夢の中に
いるわ

彼と彼女の間で

彼女に片想いをしていて
淋しくて
付き合っていただけだったから
不倫の関係でも
そんなに辛いことはなかった
彼がいてくれたから
私の心に余裕が出来て
好きなことをしながら
毎日を楽しく過ごしていた

■

彼と彼女の間で私は上手く
自分の心の
均整をとろうとしていた
なんてずるい私……

■

初体験

付き合って半年近く
彼は私に軽く触れるだけだった
私の心の準備が出来ていないから
一線を超えてしまったら
私の態度に現れるから
そんなことを彼は言っていた
私のことを好きでいてくれる彼に
気持ちが傾いていたけれど
不倫だから……
片想いの彼女と
二人きりで海外に行って

彼女との関係がどうなるのか
どっちに転んでも
普通ではないから
運命にまかせることにした

治安が悪いと言われていた所に行くのは
臆病な私には少々勇気がいった
でも何かあったときには私は彼女を
守るつもりでいたから
彼に私は日本に帰って来られないかも
しれないからと言って
旅行に行く前日に
抱いて欲しいと言った
——彼はとても優しかった

⚜ 二本の煙草

いつも二本
一本でもなく　三本でもなく
いつも二本
煙草の吸殻が残されていく
貴方の残り香と一緒に……
この次に
貴方が来る日まで
ついさっきまで
在ったようにしておくの

⚜ 空回り

旅行から帰って来て
彼女と別れて
彼のことしか
考えられなくなってから
私の気持ちだけが
空回りし始める
最初は軽い気分で
付き合っていたから
楽しかったけれど
会いたいときに会えない
電話すら出来ない

■

彼のことだけしか
考えることが
出来なくなったから
それがだんだん辛くなってくる
同じ職場に居ても
話したいことも話せない
私はただ電話をくれるのを
待っているだけ
それがどんなに辛いか
彼にはわからない
彼に私の気持ちを伝えるには
手紙しかなくて
誰も居ない所に掛けてある
スーツのポケットに

■

手紙を入れる
だんだん愚痴が増えていく
だんだん電話をくれなくなる
余計に愚痴が増えていく
余計に電話をくれなくなる

⚜ 涙を我慢した日

彼に別れ話をされたとき
泣き虫の私が
生まれて初めて涙を我慢した
私の気持ちが重たいから
付き合っているのが
しんどいと言われた
私のいけないところを直すから
私の重たいところは直すからと
何度言っても
彼は無理だと言って
聞いてくれない

私が変われば彼の気持ちも
変わるかもしれない
そう思って
激しく車の行き交う交差点で
車から飛び出したくなるのを我慢した
泣きたくなるのを一生懸命我慢した
微笑みさえ浮かべて……

⚜ ホームの外から

もう絶対かかってこない
電話の前にいるのが辛かった
家でじっとしているのが辛かった
考えることは彼のことばかり
今何をしているのか知りたかった
まだ会社にいるのか
もう帰ったのか
姿だけでも見たかった

一度自宅に帰って
彼の仕事が終わりそうな時間に

また駅へ出て行く
ホームの外の物陰から
彼が駅に来るのを待っている
彼の姿を見つけるまで
何時間でも待っている
彼が見えると満足して家に戻り
やっと一日が終わった

友達付き合い

半年くらい別れていた彼と
友達付き合いを始めることになる
心臓病を患っている弟が
具合が悪くなり入院し
いつ亡くなってても
おかしくない状態と
言われていた頃だった
私を心配してくれたのと
そばで見ていて
ほんの少し
私が変わったと
思ってくれたからかもしれない

⚜ 独りぼっちの休日

約束なんてしていないけれど
きっと連絡をくれると思っていた
やっと取れた一緒のお休みの日だから
前の日から服を選んで
お化粧に時間をかけて
貴方の好きな色のマニキュアを塗って

お昼を過ぎても鳴らない電話に
思い切ってダイヤルを回したら
――誰も居ない

久しぶりに家族で
何処かに出かけているの？
私は独り部屋の中で泣いている
私だけの貴方じゃないから
今は恋人なんて言えないから
仕方ないかもしれないけれど
たまらない気持ち

夕暮れ時　震える手で
もう一度ダイヤルを回したら
奥さんの明るい声……

泣き疲れて
考えることにも疲れて
マニキュアを落としている私……

⚜彼氏

友達だった彼がいつからか
また彼氏という存在に戻った
弟が亡くなって
落ち込んでいる私を
見ていられなかっただけかも
しれないが……
彼氏に戻って良かったのか
悪かったのか
今も私にはわからない
多分死ぬ寸前にしか
わからないことなのでは
ないかしら

⚜ 恐い夢

夢を見た
私と会って帰る途中に
彼が死ぬ夢
昨日「じゃあ、またね」って
別れたのに……
私は呆然としながら
お葬式に行き
柱の陰から様子を窺う
奥さんが棺に取りすがり
泣き崩れている
その姿を見て

私が微笑んでいる
これで彼は私のもの……

三番目の存在

彼にとって
私は三番目の存在
仕事や仕事仲間との付き合いが一番
家族が二番
そして私が三番目
それがとても哀しかった
私のために
絶対無理はしてくれない
ときどき
永遠にこんな関係が続くのかと
哀しくなって

山の中をドライブ中
ハンドルを握っている
彼の手に飛びつきたくなった
けれどいつも
ハンドルを切り損なって
山の下へ落ちて行く様子を
想像していることしか出来なかった

⚜ 二人目の子供

彼に二人目の子供が生まれた
彼からは出来ていたことさえ
聞いていなくて
他の人から聞いた
頭をカナヅチで
殴られたような感じというのは
こんな感じなのだと初めて知る
弟の病気を知らされたときの
ショックとは
また違ったショック
動揺を知られてはまずいと

溢れ出そうな涙を空の涙に変えて
笑顔を作って喋っていた

二人も子供が出来たら
今までより家庭に目を向けて
私とはもっと会えなくなるだろう
母にも勧められていた
結婚相談所に入ったけれど
彼との付き合いは子供が出来ても
同じペースだった
そんな中で
結婚願望もないのに何人と会っても
断る理由ばかり探してしまう

少しの間
付き合ってみた人がいるが
心の準備がないのにキスされて
二十七歳にもなって
私はショックで仕事を休んでしまった
この人と結婚することになるかもしれない
そう思っただけで
拒絶反応を起こしてしまう
結局　会費は無駄になり
彼との関係も何も変わらなかった

⚜ 変質者

変質者に襲われた
自転車ですれ違いざまに胸を触っていく
二回そんなことがあって
狙われていると気をつけていたのに
マンションの中で待ち伏せをされた
踊り場でいきなり
羽交い締めにされ口をふさがれる
ロングスカートをめくって
手を入れられかけた
声を出せば何とかなる
ふさがれている口を頑張って動かした

「誰か助けて！」
変質者はびっくりして逃げた
心臓が爆発しそうだった
だけど彼には連絡も出来ない

変質者の顔がわからなかったので
怖くてすぐに引っ越したけれど
その日から引っ越すまでの一週間
会社の同僚の男の子に
日替わりで送ってもらう
彼に頼めないのが切なかった

⚜平穏な日々

友人に誘われて
久しぶりに観た舞台に
私はのめり込んでしまって
彼のことをそっちのけで
趣味の世界に浸る
そのために引越しまでして
彼が私の家に来るのに遠くなって
もう来ないなら
それでもいいと思っていた
これでやっと別れられるかも……

■

彼はびっくりしながらも
会いに来てくれた
私が話すことと言えば趣味の話ばかり
それを「うんうん」と聞いていてくれる
舞台の上の人に憧れて追いかけて
色んな悩みごとが出てくる
それをまた聞いて
アドバイスまでしてくれる
いつの間にか
彼は心友のようになっていた
昔から私は
彼には何でも話していた
当然ニューヨークの出来事も話している
ナンパされてデートしたことも

■

■

年下の新入社員の男の子を
好きになったことや
なりゆきでキスしてしまったことも
お金が必要で背に腹はかえられず
テレクラのお姉さんのような
バイトをしていたことも
情緒不安定でゆきずりの
女の人と寝て後悔したことさえも
他のいろんな出来事も
一切隠しごとなく話している

彼の胸中は知らない
私のことで焼きもちなんか
焼いたりしないだろうと思っていた

■

それに彼には
私に何も言う権利はないからと
自由な心のままで
正直にあったことを話せた
私の精神安定剤のような人になっていた
私がなりたかった気まぐれ天使に
彼の前ならなれた
そんなとても心地よい関係だった
彼が仕事を辞めるまでは……

⚜ 彼が間違えた道

彼がお金を貸して欲しいと
初めて言ったのは
長年勤めていた会社を
退職するときだった
社員用のクレジットカードの
支払いをするのに
百万円貸して欲しいと言われた
私には大金で驚きながらも
すぐに返してもらえると
わかっていたから貸したが
家庭を持っている人が

そんなことではと少し失望する
彼は独身時代と同じような生活を
結婚してからも続けていたけれど
私は彼のお給料がどれくらいか
知っているから
金銭的な無理はさせたことはない

退職してしばらく経っても
次の仕事を
すぐ探さない彼が心配だった
それまでがハードだったから
少し休みたいのは分かるけれど
自分の年齢を考えるべきだと思った
「まだ仕事探さなくていいの?」

ときどき気分を害さない程度に言ってみる
何か自分でしようとしていて
駄目だったようだ
慌てて仕事を探して
何とか仕事は見つかったが
それまでいた大企業とは違い
そこは小さな会社で収入はかなり減った

⚜ 交通事故

彼が新しい仕事に就く前
二人の休日が合わなくて
昼間のデートは出来なくなるから
私の休みに会う約束をしていた
その前日に私は
交通事故に遭って入院してしまった

彼は何も知らないで
約束の時間に家に電話をくれた
留守番電話になっている
私の家まで来ても私は家に居ない

何度も電話をくれる
何度も家に来る
溜まっていく新聞が不安を誘う

彼は彼が思いつき彼に出来る
あらゆる手段を使って私を捜して
病院に会いに来てくれた
たとえ私の入院が分かったとしても
まさか来てくれるなんて
思わなかった
偶然母が居ない時間だったけれど
母が居たら
どうするつもりだったのだろう

あんなに感動したことは
初めてだった

退院して
家の留守番電話を聞いた
何十回もの
彼からの電話が入っていた
その時の彼が
どんな気持ちだったか
考えると涙が止まらなかった

⚜ 愚かな選択

彼がお金を貸して欲しいと言う
その金額と回数が増えていく
精神安定剤だったはずの彼が
私の心を乱し始める

私は十四年間勤めた会社を辞め
美容師の見習いをしていて
刹那主義の私には
貯金なんてなかった
自分の生活で精一杯だった
いったいどうしたのか

■

詳しいことは教えてくれない
彼に不信感を募らせていった

彼が私に借金をしだしてから
何度別れの手紙を書いただろう
でも別れられない
お金の切れ目が縁の切れ目だなんて
哀し過ぎる

交通事故で長期間休んだせいで
減った私の収入では
彼と付き合い続けるのは
無理だと思った
私は志半ばで転職する

■

■

彼と会う時の費用は全部私持ち
そのうえ貸して欲しいと言われ
私はお金で精神の安定を
買ったようなものだった
それなのに
ストレスは溜まっていく
私のお金で彼の家庭が崩壊せずに
保たれているのかと
お金を貸したあとの私の心は
ぐちゃぐちゃに混ぜた絵の具の色のよう
でも貸さなければ会えない
その私の心の葛藤を何度言っても
彼はわかってくれない
これが最後と言いながら

■

私は貸し続けることになる
お金のこと以外で
喧嘩をしたことがない私達が
お金のことで何度喧嘩をしたか
理由を言ってくれない彼を
問い詰め　追い詰め
彼の心の奥にあるものを
引きずり出すたび
私達の関係が深くなっていった

⚜ 不思議な夫婦

他人の家庭に
口を出すのは嫌だったが
お金を貸している私には
言う権利があると思った
言う義務もあると思った
彼は奥さんも働いていると
言っていたけれど
それは嘘だった
奥さんが働いていないのに
いろんな所から借りるのも
ましてや私が貸すのも変だと思った

収入を増やしてもらって
返済の目途が立たなければ
私はもう貸さないと言って
やっと重い口を開いて
奥さんにお金がないことを打ち明け
働いてもらうことになった

それにしても
奥さんは
何を考えているのだろう
財布を握っている夫から
生活費は少ししか貰えなくて
家電製品は壊れたままで
何故働きに行かなかったのだろう

いくら考えても不思議だ
奥さんは彼の給料が下がって
苦しいだけだと思っているようだが
彼は多重債務で苦しんでいた
高金利のところに
返済するために
私が低金利のところで
ローンを組んだ

⚜借金地獄

順調に借金を返済しているのかと
思っていたのに
元気がなくなっていく彼の様子に
私はあの悪夢のような日々が
また始まるのかと怯えた

——不安は本当になった——

ここ数年
多重債務に苦しんでいる彼は
かなりのストレスから

気がひどく弱くなっていた
鬱の人の気持ちはよく解るから……
もう彼を追い詰めることは
出来なくなった
彼を救うため法的なことも調べ
アドバイスしたけれど
よい方法が見つからない
彼の精神はかなり弱っていて
気力をなくしてしまっている
彼が弱くなればなるほど私が強くなる
彼を守ってあげたくなる
だけど彼の借金を全部返してあげる
お金など私にはない
彼のための借金は増え続け

心配と不安から食べられなくなり
私の体重は減り続けた

周りは別れろと言うが
私にとって彼は
恋人であり肉親のようでもあり
心友でもある
いなかったら死んでしまう
空気と同じような人なのだ
彼が落ち込んで
いつもくれる電話がないだけで
私は息が出来ない
だから私は
彼が元気になってくれるようにと

私に出来ることなら
何でもしてあげたいと思う
早くこの借金地獄から抜け出させ
心からの笑顔を取り戻してあげたい
――私のためにも――

彼にお金を貸し続けた自分に
後悔している
もっと早く違う道を
もっと真剣に言うべきだった
簡単なことなのに
地道に働いて収入を増やせば
返せない金額じゃあない

⚜心の絆

理性では
わかっている
第三者の私は言っている
別れるべきだと
だけど
感情が納得してくれない
何が私を摑まえて離さないのか
ただ　今居る場所から
離れることが怖いだけなのか
十八年かけて
作り上げた心の絆を

また誰かと
一からなんて作れない
たった紙切れ一枚に隔てられている
私達の関係がもどかしい

＊

全てを捨ててくれたら
あなたの背負っているものを
もっと一杯背負ってあげられるのに
闇の中へ落ちていく心を
そばで支えてあげられるのに
あなたは何も捨てられない

今はそれでも構わない
捨てることの出来ない
あなたが好きだから
だけど人生の最後は一緒に居たい
そう思っているのは私だけかも
しれないけれど……

⚜ ― 夢から夢へ ―

十数年もの間
ずっと夢を見ていた
見果てぬ夢は
見てはならない夢
気がつくのに
随分と時間が
かかってしまった

⚜ 憧れた人

盲目的に憧れた人がいる
舞台の上のその人に
憧れて憧れて
舞台を降りても憧れて
家まで引っ越した
同じ街に住んで
会える機会があれば
いつでも会いたい
ファンレターを
手渡す瞬間の
ひとときの幸せのために

何時間でも待っていた
雨の日も風の日も
暑い日も寒い日も
ただひたすら待っていた
待てることが幸せだった

⚜ 不安レター

六つも年下の女の子への
ファンレターが
ラブレターのようになる
ニューヨークに行って別れた人に
どこか重ねて
見ていたのかもしれない
同じように舞台に立って頑張っていた
大好きだった人に……

ファンレターは
いつしか

一方通行の文通のようになり
返事は瞳の色で読み取る
他愛ないしぐさの中で感じ取る
そんなことで
解る訳もないのに……
変だと思われないかしら
そう思いながらも
悩みごとなんかを書いては
文通のようなファンレターは
不安レターになる

そのうちにいつも宙を見ている
その人の瞳に不安を感じて
『私は嫌われていませんか

ファンのままでいてもいいのですか』
なんて書いてしまった
数日後にあったディナーショーで
私の前で立ち止まって
私を見つめながら唄ってくれた
『そばにいてくれ
見捨てないで欲しい』
——それが返事ですか？
言葉を交わせないその人と私の
心の会話だと
私は勝手な夢を見てしまった

不安レターは
それからもファンレターには
変わることはなかった

錯覚

一山いくらのファンの中で
私は少し違うんだなんて
ずっと思っていた
そんなことを思わせるようなことが
何度かあったから
次元の違う世界に住んでいる人なのに
何か深い所で通じているものが
あるような気になってしまっていた

言葉を交わせない関係は
私を空想の世界に連れて行く ——

夢と現実とが交錯して
夢と現実との
区別がつかなくなって
私は途方もない夢を見て
その夢を追いかけてしまった
いつかその人と話せる日を夢見て
いつかその人の役に立てる日を夢見て
仕事も辞めて専門学校に通った
「貴女の年齢での入学は前例がありません」
そう言われても
私の想いは止められない
現実にぶつかって
初めてブレーキをかけて
自分の進む方向を見直した

三年制の学校を
たったの四ヶ月で辞める

その人の瞳が私を映し
微笑みに出会えた日には
これ以上の幸せはないというくらい
幸せになる
極上の幸せは
すぐそこにはないもの
違う世界の人だから
私は思いっきり幸せになれたのに
何を望んでいたのだろう
方向転換しても夢を追って

彼よりも親友よりも
その人の存在を選んで
刹那主義の私が
その刹那を諦めて
未来に夢を見ていた
未来など在りはしないのに……

⚜ 夢覚めて

現実につぶされて
挫折して
空想の世界は
色褪せて
真実を知って
絶望した

私は長い間
幻の中で
夢を見ていたのだと

■

この先も永久に
叶わない夢だと
時が経って
その人を見るたびに
痛感するのに
それでも諦め切れなかった想い
それがやっと吹っ切れた
私の細胞と共に
哀しみが一枚一枚
剥がれていって
――そう言えばもうじき
七年になろうとしている

■

⚜ 新しい夢

私の細胞が
幻にさよならをして
新しい夢を見つけた
それは何か
今までと違っていた

今まで夢見るたびに
内へ内へと向かっていた想いが
外へ外へと広がっていく
こんな想いは初めてだ
今は果てしなく遠い所に在る

夢だけれど
夢は叶えるために
在るものだと信じて
まっすぐに歩いて行きたい
今度は現実を見つめながら
ひとつひとつの
小さな夢を叶えながら
地に足をしっかりとつけて……

——届け私の想い——
心が未来に呼びかける

⚜ ― 心の病 ―

コンナコワレカタスルナンテ
オモイモシナカッタ
ユメヲウシナッテ
コイニツカレテ
シゴトニイキガイヲモトメタノニ
ヒビワレテイクガラスハ
トメラレナイ

⚜ 駆け抜けた一年

年の暮れに
三年間お世話になった
美容院を辞めた
年が明けてすぐに新しい会社に入る
三ヶ月の研修を経て
やっと正社員になれた
けれどそこは借金だらけで
次々社員を辞めさせていた
不安を覚え
次の働き口を探す
六月にまた新しい会社に入る

仕事は大好きだった
小さな所で社長と年下の先輩と
私の三人で仕事をしていた
社長の考え方も大好きだった
でも社長は威圧感がありすぎて
先輩は真面目すぎて
絶えず緊張していた
一〇〇パーセントを求める社長に
一二〇パーセント応えようとする私
日にちが経っても慣れるより
緊張度が増していき
食事の量が減ってくる
問い合わせの電話で
営業のための予約を取らねばならない

■

社長も先輩も
かかってくる電話を取っている私の言葉を
そばでずっと聞いている
完璧な受け答えを
望んでいるのだろうと思うと
かえって話せなくなり
喉が締まって声が出しにくくなる
電話もまともに取れないなんて
社会に出て二十年も経って
初めての経験だった
このままでは神経がおかしくなる
一ヶ月待ってもらって入った会社だったが
一ヶ月で「辞めさせて欲しい」と言った
「店長にしようと思っていたのに」という

■

社長の期待に応えようと
頑張ってみたが駄目だった
気が重くてズル休みをした日
別の会社の面接を受けた
受かれば三日後には二週間の
泊り込み研修が待っていた
私は社会人として
とても恥ずかしいことをしてしまう
話し合っても
無駄だということもあったが
置手紙を残してそこを辞めた

七月にオープニングスタッフとして
入った会社の研修に

二週間泊り込みで行った
そこの仕事も大好きだった
今までの仕事の全てが役に立つ
そんな仕事だと思った
ここに勤めるために
今までが在ったのだとさえ思え
希望に満ちて研修にも
仕事にも励んだ

⚜ 異人種

世の中には
信じられないくらい
いろんな人が居るものだと
四十歳前になって初めて知った
私が十四年間勤めていた所は
学校を卒業して
純粋培養された人達の
集まりだったから
それぞれ個性はあっても
仕事上では
常識から外れるような人は

ほとんどいなかった
その後に勤めた所も
ある程度個性的な人としか
出会っていない
だからびっくりした
私には理解の出来ない
余りにも
不思議な人達に出会って……
そんな会社の中で
リーダーになってしまった私は
神経がおかしくなってくる

心の病

イライラが続き
ストレスから首も回らなくなり
眠れなくなって
睡眠剤を飲みながら頑張ったが
異人種は絶えることなく
入って来ては辞め
私の神経をおかしくする
自信がなくなってきて
気力がなくなってきて
眠れなくなって
寝汗が毎日異常に出る

心を元気にする本を買った
部下への接し方を書いた本も買った
でも……
頑張ろうと思えば思うほど
気分は暗くなり
そのうち普通に
話せなくなってきた
言葉が上手く出てこない
息が苦しくて
ゆっくり　ゆっくり
やっとかすかな声で話す……
口を開くのも億劫だ
親しい友人とも母とも
彼とさえ話したくない

——心の病気を診てくれる
病院に行った

⚜ 駄目人間

私は希望に満ちて始めた
大好きだった仕事を辞めた
思えば昔から逃げてばかりだった
学校に行きたくなくて
本当にお腹が痛くなった
ストレスが溜まると
身体のあちこちがおかしくなった
今までと症状が違うだけ
今までより少し心が疲れただけ

彼の借金のこともあり

収入の良い所を探して
選んだ職場はまた営業だった
成績が悪ければ
試用期間中に戦力外通告される
幸い私は成績がよくて
早く社員になれた
でもその後の成績が悪く
誰も何も言わないが
居辛くなって
一向に上がらない成績に
また落ち込んでいく……
話すことが仕事なのに
話せなくなっていく……
また同じ症状が出かかり

もうあんなにしんどい
思いをするのは嫌だからと
早めに仕事を辞めた
私は逃げ道ばかり探して
どんどん駄目な
人間になっていく気がした

⚜ 新たな不安

またひとつ別の会社を経て
以前の会社に戻った
仕事もプライベートも順調だったのに
一安心していた彼の借金問題が
また始まりそうな予感
だんだん心が不安定になっていく

ついにその日が来た
彼と喧嘩したあと
いつもかかってくる電話がない
それだけで不安で眠れない

何度も何度も目が覚める
一、二時間置きに目が覚めて
眠った気がしない
食事も出来ない
苦しくて自分の躰を傷つける
してはいけないことなのに
夜中に彼にメールを送る
あまりにも暗くて哀しい
彼の返事でまた落ち込む
彼自身が
鬱になりかけていた
もう何も責められない
彼を追い込んではいけない
伝えられない哀しみや

怒りや愚痴が
未送信メールの中に溜まっていく

⚜ 私は誰？

先が見えない不安の中で
色々考えた
どうすればいいのか
答えが見つからなくて悩んでいた
その頃から時々
鏡に映る自分の顔が
不思議に見えた
これは私？　これが私？
何だか変な感触
自分で自分の顔を触る
鏡の自分の顔も触る

変な感覚に襲われて
鏡を見るのを止める
それは彼とのことを色々考えながら
歩いている途中にも起こった
突然襲ってくる変な感覚
私の心と躰が分かれている感じがする
私の意志通りに躰は動くのに……
これは私の手？　これは私の躰？
何か実感がない
恐くなって
声に出して自分の名前を言う
生年月日も言ってみる
きちんと言える
でも変な感覚は消えない

知らないうちに
いつも正常に戻るけれど
そんなことが頻繁に起こってくる
通院して治ってきたが
今でも彼の新たな借金のたび
色んな不安が過ぎるたび
心と躰が分裂するような気分になる

⚜ 天使の声と悪魔の声

毎夜
交互に現れる
時には一日に何度も入れ替わる
天使と悪魔の声

彼に悪いことなんてしていないのに
出来る限りのことはしているのに
こんなに私を苦しませるなんて
「そんな彼の家庭なんて壊してしまえ
彼の人生なんて
めちゃくちゃにしてしまえ」

悪魔が言った
「その人のことを大切に思うならば
何も考えず　何も求めず
ただ惜しみない優しさで
包んであげなさい」と
天使の声がする

私は天使と悪魔の声に振り回されて
自分がどうしたらいいのか
どうしたいのか
わからなくなってくる
何日も何日も考えて
私にとって何が一番幸せなのか
やっと答えが出た

それは元気な彼を
手に入れること——
天使がそっと微笑んだ

⚜ 救われた心

泥沼の中へ落ち込んで行きそうな
私を救ってくれたのは
病院の薬だけではなく
たぶん一人のアーティスト

借金まみれの
彼のことばかり考えていたら
きっと私は底なしの闇の世界へ
引き込まれていただろう
一人のアーティストに惹かれて
その人の軌跡をたどり

■

音楽を聴きながら
私はまた夢の中へ漂っていく
夢の世界では
私はいつも幸せだ
何かを夢見ていることが好きな私が
何の夢も持てなくて
何もしたくなくて
ただ生きているだけの状態だった
新しい出会いから
新しい夢を見つけた
何億分の一の夢でも
私は何かを
追いかけていることが好きだ
目指すものがないと

■

上手く生きていけない
その人との出会いをきっかけに
前向きに未来を
見つめられるようになった
ネガティブだった思いが
ポジティブに変わっていった
だからほんの少し強くなれた
死んだ魚のような目をして
憔悴しきっている彼の気力を
取り戻すために
私に何が出来るのかを考えながら
細くなった腕で
彼の心と躰を抱きしめて
「大丈夫よ　大丈夫よ」と繰り返す

自らの手で
ちぎった翼の跡が血を出して
いつまでも癒えない傷を
抱えていたけれど
その私の背中になくした翼が
生え始める気がした

⚜ 光の中へ

私は
いつからか
天使を目指していたことに気づく
闇の中にいる彼を救えるのは
闇の中を知っている私だけ
限りなくやさしくなるために
限りなく強くなりたい
ガラス細工のおもちゃ箱から
私はもう現実を見詰め始めている
止めてしまった時計は
動く準備をしている

もう広い世界を
見てもいい頃でしょうと
囁くおもちゃたち

心の目を閉じていた私が
ひとつの出会いから
いろんなことを
知りたくなった
いろんなことが
やりたくなった
余りにはしゃぐ心に
躁状態になってしまったのかと
不安になってしまったくらいだった

■

＊

今はまだ
彼の借金も変わらず
私の病気も治りきっていない
いろいろな悩みの中で
もがいているけれど
僅かな光が
時の向こうに見えている
私はそこを目指していく……
未来は明るい光の中にあるのだと
信じているから
きっといつか
光の中へ飛び出せると

■

信じているから
――いつか
――きっと

最後に

いつからか、自分が生きた証を残したいと思うようになりました。俄《にわか》一人っ子になり結婚もせず、子供のいない私にはこの世に残せるものは何もないから、何かの形で残したいと思い始めたのです。ただ、私に何が出来るのか分かりませんでした。

そんなときにあるアーティストの曲や詞、その世界が好きになり、この人の曲に私の詩を使ってもらいたい、ワンフレーズでもいいから使ってもらいたいなんて思ってしまったのです。なんて恐れ多い夢でしょう。友人に「無謀な夢」と笑い飛ばされました。自分でもそう思います。でも私らしくていいじゃない、とも思うのです。私は夢を追いかけていることが大好きな夢追い人なのだから。私はそんな想いを持っている時が、一番元気で幸せでいられるのだから。出発点はそこでした。そして、私の詩に人の心を動かす魅力はあるのだろうか？　プロの人から見ると、どうなのだろうか？　それが気になり出しました。

以前から、いつか自分史を書きたいと思っていたのが、最近は特に強く思うようになり、出版社の募集広告を切り取って置いていましたが、ずっと行動に移せずにいました。それがその夢のせいで、プロの方に見てもらいたい気持ちが強くなり、気がついたら出版説明会に出席する電話をかけていたのです。

この日から私は新しい夢を追いかけることになりました。学生時代は日記の代わりに詩を書いていて『― 時を止めて ―』から『― 優しさに焦がれて ―』までは、半分以上がその時に書いたものです。その後はたまに書くくらいで、この六、七年間は全くペンを執っていませんでした。それが久しぶりに書くことを始めると楽しくて仕方がない。この本の内容とは別に次から次へと言葉が浮かんでくるのです。いつも見ている風景も違って見えるのです。

私は書くことが好きだったのだと思い出しました。

いつの間にか曲を作ってもらいたいというはじめの夢から離れて、ただ詩を書いていたくなりました。何もかも中途半端だった私が、初めて何かを成し遂げることができそうです。

そして二十年以上もかかってやっと見つけた私のやりたいことは、私の原点でした。

私に書くことの楽しさを思い出させてエネルギーをくれたその人と、「この世に何かを残したい」その思いを叶えるチャンスを下さった出版社の方へ心よりお礼を申し上げたいと思います。

TOYOMI

著者プロフィール
TOYOMI（とよみ）
1月19日生まれ
兵庫県宝塚市在住

ガラス細工のおもちゃ箱

2003年7月15日　初版第1刷発行

著　者　TOYOMI
発行者　瓜谷 綱延
発行所　株式会社文芸社
〒160-0022　東京都新宿区新宿1－10－1
電話　03-5369-3060（編集）
03-5369-2299（販売）
振替　00190-8-728265

印刷所　株式会社平河工業社

ISBN4-8355-5967-3 C0095